꽃들은 바쁘다

꽃들은 바쁘다

배미순 시집

110

문학수첩
시인선

◍ 문학수첩

 스무살 적에 만난 그가 떠난 지 벌써 5년째다. 나 혼자 남겨진 세상에서 이제야 조금씩 주위를 돌아본다. 삭막하고 쓸쓸한 겨울날들을 위해 그가 빛나는 스무살 시절을 주고 간 것일까? 미국으로 건너와 '나남'에서 첫 시집 《우리가 날아가나이다》를 내고 난 후 100편의 시를 모은 《낙헌제》를 합치면 이번에 다섯 번째 시집을 묶는 셈이다.

 그 사이 세상은 많이 변했다. 걸음을 내딛고 싶으나 성큼성큼 내딛지 못하고 여태도 늦가을 주변을 서성거리고 있는 느낌이다. 가을걷이가 끝난 들판에 아직도 남아있는 양광과 낙엽, 풀벌레 소리들 속에서 그가 평생 살갑게 쏟아부어 주던 이야기를 듣고 싶은 때문이다. "진정한 시인이 되려면, 앞으로도 더 많이 웃고 울고 더 많이 사랑해야 돼" 하며 등 뒤에서 내 발걸음을 재촉한다.

배미순

1부 ♦ 밤에는 우는 일이 있을지라도

2부 ◆ 점묘화

3부 ◆ 시간의 들판

5부 ◆ 저녁 밥상을 차리며

해설 | 홍용희(경희대 교수 · 문학평론가)

1부
밤에는 우는 일이 있을지라도

밤에는 우는 일이 있을지라도*

바다를 건너고도 사막 건널 줄 몰라
저울에도 달 수 없는 슬픔을 안고
지난밤 우리는 울었습니다만
밤에는 우는 일이 있을지라도
아침에는 기쁨이 온다, 했지요

아픈 이민사 해거름 무렵
갑작스레 날아온 발병 통보
그믐달처럼 저며진 답장에 놀라
나를 보고 희미하게 웃는 당신
그 허약한 웃음이 내 가슴을
예리하게 찌르며 관통합니다

글쓰기의 명수가 아니라
바라보기의 명수라야 하고

사람들이 잘 보지 못하는 것
꿰뚫으며 바라보는 눈이 있어야
시인이라 했던가요
그렇다면, 당신은 진정 시인입니다

여태껏 보아왔던 혈육과 친구
이웃과 동네 낯설게 바라보면서
눈에서 멀어질듯 애틋해 하고
모진 세상 살아내기에는 늘 서툴지만
새로 오는 아침과 지는 노을에
착한 아이처럼 비가悲歌를 부를
당신이야말로 진정한 시인입니다

미세한 떨림으로 튀어나오는
시의 에스프리와도 같이 눈부신

새벽의 기쁨 안아 볼 때까지
어느 한순간도 무너질 순 없어
여전히 신열처럼 펄펄 끓는 희망
그 희망, 그 갈망, 그 믿음 때문에
나도 같이 희미하게 웃고 맙니다

* 밤에는 우는 일이 있을지라도……: 시편 30:5 하

오늘은

어제의 일들 모두 지워지고
지상의 모든 것들이 낯설다
새롭고 새로운 날의 출발이다
이른 새벽부터 조잘대는 작은 새 소리
난생처음 드러나는 듯한 사물과 풍광
불현듯 심장은 뜨겁게 뛰기 시작하고
새하얗고 신비스런 빛의 파편
생의 심지에 가 닿아 불꽃을 일으킨다

아주 가까이서 누가 살짝 건드리듯
꽃들은 놀란 듯 깨어나고
바람의 숨결 조용한 숲을 지날 때
숨었던 길들 모두 달려 나온다
그러면 나는
뼛속 깊숙히, 내장 깊숙히

당신의 사랑 꼭꼭 감춰 놓고
투명하고 가벼운 햇살의 요정처럼
환하고 즐겁게 살아갈꺼야

길고 긴 생의 마라톤에서
누군들 쉽게 지치지 않겠는가
당신이 곁에 없어 천지가 노랗게 되고
내 갈 길 간혹 어이없이 비틀거린다 해도
서너 걸음 뒤에서 언제나 날 지켜볼 테죠
온 하늘 붉은 선지피로 물들이는
노을같은 당신의 몸, 당신의 혼
마침내 희디흰 달로 떠올라
거침없이 나를 비출 때까지

겨울나무, 그 직립은

나무로서
더구나 겨울나무로서의 직립은
한때의 화려한 꿈이 아닙니다.
바로 서 있고자 하는 본능 그 자체
바로 서 있지 않으면 안 되는
생존의 애절한 몸부림입니다.
옆 나무가 세워줄 수 없고
앞 나무도 세워줄 수 없어
그저 서로 바라만 볼 뿐입니다.
그럼에도 불구하고
바로 서 있지 못하고 몸져 누운 나무
누워서도 끝내 쓰러지지 못하는 나무는
당신을 꼭 닮았습니다.
평범한 사물들도 낯선 것들이 된 지금
하늘과 땅과 세상도 새롭게 투시하면서

다른 나무들이 보지 못하는 것을
다른 나무들이 결코 듣지 못하는 것을
세밀하고 은밀하게 보고 들으며
혹독한 이승의 한때를 견뎌내야 하는
당신을 꼭 닮았습니다.
그렇습니다.
이제야말로 소중한
당신의 연대기를 쓸 차례입니다.

낙엽이 나무에게

그대 발밑에서 서걱이는

내 노랫소리 들리나요

잡힐 듯 잡히지 않는 꿈처럼

이제 당신은 저만큼 멀리 있습니다만

내게는 아직도 못다 부른 노래가 있습니다

더 이상은 붙잡으러 안간힘 쓰지 마세요

나도 더 이상은 매달리려 애쓰진 않겠습니다

긴 고통의 순간이 닥쳐온다 하더라도

당신과의 만남은 애초부터 환희였기에

내일은 오늘과 다를지라도 참아 보겠습니다

이제 곧 삭풍이 불고 찬서리가 내리면

머지않아 폭설도 내릴 것입니다

더 이상 낮아질 수 없을 때까지의 낮은 포복

그런 자세로 세상을 살아야 할까요

환희가 고통으로 바뀌듯, 어느 때인가는

고통도 환희로 바뀌지 않겠습니까

그러니 안심하세요

그때 다시 내가 부를 노래

당신의 팔에 휘감기어 목이 터져라 부를

그 노래를 지금부터 연습하고 있겠습니다

눈부신 경종警鐘

올해도 어김없이 새로 온 봄
어느 작은 바위 틈새를 비집고
피어난 철쭉을 본다
솟아오를 줄 알고
꿰뚫을 줄 아는 너는 이미
내게 있어 하나의 경종이다

한 편의 시처럼 우리의 생도
함부로 자리잡거나
뿌리 내리지 않는데
넓은 땅, 푸른 산 마다하고
오직 그 좁은 틈새를 사랑한 너를
내 어찌 함부로 대할 수 있으랴

결코 끝나지 않을 것 같았던

우리들의 긴 겨울

그 침잠으로부터의 깨어남

그 깨어남으로부터의 작은 몸짓

이 봄, 용이주도^{用意周到}한 너의 출발은

기댈 곳 없는 새로운 여정,

아스라한 외길의 눈부신 경종이다

가끔씩 이렇게

한 번쯤 자신을
되돌아보고 싶을 때
가끔씩 이렇게
둘이서 세상을 바라보세요

작은 슬픔은
더 큰 슬픔이 와락 달려들면
꼼짝 못한 채 달아나고 말지요
그러니 더 이상 작은 슬픔에
연연하지 마세요
저울질하지도 마세요

한 줌밖에 남지 않은
어제까지의 생이
서글프기 그지없는 사투였다 해도

당신의 심장이 내 곁에서
두근거리고 있는 한
사그라지지 않는
그대 눈빛이 있는 한

한 번쯤 자신을
되돌아보고 싶을 때
가끔씩 이렇게
둘이서 세상을 바라보세요

가족의 힘

우리가 마주하는 세상은
언제나 놀랍습니다
과감히 맞서지 않으면
길은 오리무중
그 어디에도 보이지 않습니다

어제의 일들 모두 지워진듯
지상의 모든 것 낯설 때도 있고
잔잔한 바람과 풀숲의 공기조차
난생처음 대하듯 감미롭고
신비스러울 때도 있습니다

수많은 난관이 도사리고 있어
끝도 해답도 보이지 않는 생은
연습이 아닌 고단한 실전, 그러나

앞서거니 뒤서거니 쉬임없이
이끌어 주는 따뜻한 가족의 힘

그 힘 때문에 언제나 행복합니까
예측불허의 매 순간을 견디며
우리가 가야 할 길
과감히 건너지 않으면 안될
그 길 위에서 당신은 진정
가족이 있어 행복합니까

해가 저문다 해도

토끼 두 마리가 볼을 맞대고
한 곳을 응시하고 있습니다
둘이서 한 하늘을 바라보는 것이
사랑이라 했던가요?
이제 모든 것은 새롭게 출발합니다
내 생에 뛰어든 당신이 있어
연두빛 풀밭은 연두빛으로 더욱
진초록 숲은 진초록으로 더욱
아름답게 펼쳐져 갑니다
내 가슴에 뛰어든 당신이 있어
나무가 나무결로 세월을 저며두듯
일렁이는 한 점 바람 속에도
당신 심장의 박동이 갈무리됩니다
사그라지지 않는 생의 불꽃
둘이서 함께 바라보는 사이

숨었던 길들 하나하나 드러나고
뼛속까지 스며들던 고통은
새하얗게 사라지고 말 것입니다
머지않아 노을이 지고 해가 저문다 해도
나와 당신 사이, 당신과 나 사이
그 영원한 간극 메울
사랑이 있는 한…….

봄의 소리

잎들은 즐거워 즐거워
잔가지들 간지럽히며 태어나고
잔가지들은 여유만만하게
저만큼 더 멀리, 저만큼 더 높이
신이 나서 자란다

파아란 봄 하늘은
머무는 듯 흘러가며 말한다
이리로 오렴
이리로 더 가까이 오렴
내가 네 배경이 되어 주마

봄 하늘 아래 자라는 어린 것들아
못난 어른들 믿고 기대는 자녀들아
나도 너희들이 실컷 자라도록

오래도록 잔잔한 배경이 되고 싶다

평생토록 든든한 버팀목이 되고 싶다

새해 새 아침의 편지
– 을미년을 맞으며

아득한 몽환의 숲이었던
어제에서 깨어났나요?
오늘 새롭게 떠오른 태양의 환희
가슴 한 가득 안았나요?
되돌아갈 수 없는 길
내 앞에 보인다 해도
서두르지 않고 찬찬히
가야 할 길만 열심히 가겠습니다.
을미년 새해에는
청결한 풀과 나뭇잎만 먹고서도
부드럽고 곱슬한 털에 온순하기까지 한
당신을 늘 배우겠습니다.
맛과 아름다움, 착함과 의로움으로
무릎 꿇고 젖을 먹는 겸손함으로
싸우지 않고도 목표를 향해 가는

그 진정성과 그 슬기로움을 가진
당신을 늘 닮겠습니다.
떼지어 살며 높은 곳에 오르기 좋아하는
2년만 지나면 순한 새끼도 쑥쑥 낳는
당신을 늘 생각하겠습니다
반드시 가던 길로 되돌아온다지요?
은혜를 아는 착한 성품, 정직과 정의
속죄양의 상징인 당신과 함께 올 한해는
그리움처럼 당신을 앓으며 살겠습니다.

고백

그곳에서 나는
희망을 얻었다
그곳에서 나는
친구를 얻었다
그곳에서 나는
미래를 얻었다
그리고
용감한 맨주먹 흔들며
더 먼 세계를 얻기 위해
이 먼 땅까지 날아왔다

살풋 살풋 안아 본
세상 언저리
그곳에서나 이곳에서나
생은 그리 녹록치 않았다

수십 년이 다 되도록
지나간 시간들
안타까워하지도
그리워하지도 않고 살았다
그러는 사이, 더러는 영영
꿈결처럼 사라지기도 했다

그런데 이제 와 웬일인가?
문득 찾아낸
먼 먼 어느 하늘의 새벽별처럼
결코 날 떠나지 않았었던 건
바로 당신이었구나
그리움에 젖은 눈으로
나의 행보를, 나의 세상을
직선으로 지켜보는 당신

한시도 날 버린 적 없는

묵묵한 그 사랑, 그 미소에

온 새벽이 이렇게 뜨거워지는구나

어제와 오늘 사이

어제와 오늘 사이,

광풍과 해일 수없이 들끓어

아비규환의 몸부림 하늘을 치솟아도

내가 더 이상 쓰러지지 않는 건

떠오르는 햇살이 또다시 나를 일으키기 때문이죠.

당신이 이 지구상에서 영원히 사라진다 해도

내가 더 이상 슬퍼하지 않는 건

짧디 짧은 그대 생애 도처에 뿌려졌기 때문이죠.

2부

점묘화

한겨울에 쓴 편지

앉으시지요? 이 빈 자리, 빈 벤치에.

밤새 당신을 지켜 줄 가로등도 있고 오색 트리를 매단 나무들도 있어요. 어두운 예감 모두 버리고 이 한겨울에도 땅 속에 박은 뿌리를 믿고 편안한 나무들처럼 당신의 시린 발 편안히 뻗어 보세요. 슬픔이 그대의 성이었나요, 고통이 그대의 울타리였나요? 당신 곁을 미련없이 떠나가 버린 것들 되돌아보지 말고 아직 당도하지 않은 것들 바라보세요. 보이지요, 아주 잘 보이지요?

어둠 속에서 더 눈부신 불빛처럼 이젠 스스로를 밝혀줄 꿈을 꿀 차례입니다. 여유만만, 야심만만한 꿈들을……. 꿈은 잠잘 때만 꾸는 것이 아니라 낮에도 밤에도 꿀 수 있는 것. 당신 내면이 얼어붙지 않게 이 빈 자리, 빈 벤치에 앉아 꿈을 꾸세요. 별은 하늘에만 있는 것이 아니므로, 당신이야 말로 찬란한 별이므로

너를 만드실 때

너를 만드실 때 하나님은
쪼금만 더, 쪼금만 더. 하며
정성을 들이신 것 같아

보고 또 보아도
새롭고 신기한
눈 코 귀 입,
앙징스런 손과 발로
신묘막측한 세상의 이치를
잘도 깨달아 가네

마침내 그 반듯한 심성이며
그 깔끔한 매무새며
그 똑똑한 지성까지

아, 정말 하나님은

너를 만드실 때

다른 아기들보다

쪼금만 더, 쪼금만 더. 하며

신경을 쓰신 게 틀림없어

혼자였던 내가

혼자였던 내가
당신과 만나는 순간
세상의 톱니는 새롭게 돌기 시작했다

곡예하는 세상에서
함께 깨어나고 함께 피어나고
기적처럼 함께 머리를 맞대며
수많은 밤과 밤같은 어둠을 견디고
짧은 낮의 한 경점같은 행복도 맛보았지

함께 깨어나고 함께 피어나고
기적처럼 함께 머리를 맞대면서
당신 곁에서 만들어가는 세상은
한 편의 시, 한 자락의 봄노래

종이에 닿자마자 시심이 사라지듯

오래 붙잡지 못할 찰나의 생애

샛노랗게 샛노랗게 수선이 피던

어느 날 아침처럼 무심결에

당신이 먼저 져버리면 어쩔꺼나

황망히 먼저 사라지면 어쩔꺼나

보름달

어머니!
언젠가는 꼭 당신에게
보름달처럼 환하디 환한
자랑스러운 자식이 되고 싶었어요.
날이 저문다고 모든 것이 저무는 것은
아니라는 데도
내 인생, 이렇게 저물어 가는 것인가요
새 울음 가득한 초가을녘
들꽃 잔치가 한창인 이곳에서
초생달은 모두 보름달이 되고 마네요
처음부터 다시 한 번
나도 초생달로 자라나
"보름달 같은 내 새끼야!"
이제라도 그 소리 한 번만 더
들어 볼 수 있을까요? 어머니!

당신은 오래 전 아득한 들녘 저 너머로
떠나가 버렸는데……

선물

하루살이처럼 바둥거리며 사느라
눈물겨웠던 사람들의 마음을 덮으며
밤이 내리고 있습니다
언젠가 맨 마지막 날 내릴
그 밤을 위한 연습처럼 조용히
밤이 내리고 있습니다
세상 밖 그분이 눈까풀을 닫아주듯
곳곳에 거대한 밤이 내리면
누군가에게는 무섭고 두려운 밤
누군가에게는 슬프고 서러운 밤
누군가에게는 외롭고도 적막한
그런 밤이 될 것입니다
그래도 한세상 착하게 기다리며
하나 둘, 기쁨을 헤아리는 사람들에게는
은총처럼 가슴이 마구 뛰는

또 한날의 새벽을 잇대어 줄 것입니다

비둘기 통신

서울에서는 지난 6월부터

비둘기 알 수거와 함께 비둘기 굶기기가 시작됐다

멸종 기간을 재촉하기 위해

비둘기를 굶기지 않는 자에게는 벌금까지 부과한다

평화의 상징이었던 비둘기가

귀소본능으로 환영받던 비둘기가

1분 동안 1km씩 훨훨 잘 날던 비둘기가

광장의 촛불처럼 두 눈을 반짝이며

도시의 멋진 건물들만 부식시키고

이리저리 내깔기는 배설물로 질병을 일으키니

이젠 아예 씨를 말릴 작정인가 보다

멸종 위기의 그 비둘기들은 시카고 비둘기를 모른다

일면식도 없다 이주법도 모른다

통신이 두절된 지 오래이기 때문이다

그리운 그곳에는 집이 없어 돌아갈 수 없고
집이 있어도 객지에 익어 돌아갈 줄 모르는 당신처럼
쓸쓸하고 막막한 이곳에서 먹이 근처만 뱅뱅 도는
시카고 비둘기, 날 수 있어도 결코 날지 않고
속수무책 먹이 근처에서 진종일 구구구구 맴을 돈다

수련을 보며

연잎은 물 한 방울도 스며들지 않게
죄다 굴려서 떨어뜨립니다
연잎은 진종일 흙탕물 속에 떠 있어도
제 한 몸 더럽히지 않은 채 고고합니다
어느 새 흙탕물도 맑은 물인양 의연해져서
작게 일렁이는 제 물살 들여다보며
밤새 오므리고 오므렸던 꽃잎들 불러모아
아침마다 새로운 꽃을 피워냅니다

아무도 거들떠보지 않는 몇 마리 물고기
맑고 고운 수련의 향에 취해
황급히 달려들다 빠져나가는 사이
우두둑 굵은 빗방울 온몸을 때려도
연잎은 여전히 아랑곳없이 의연합니다.
기다림 끝에 수련이 피기 때문입니다

수련을 보라, 수련을 보라
어찌 맑은 물속에서만 살려고 하나
꾸짖기라도 하듯 항변이라도 하듯
수초들도 덩달아 서로의 어깨 결고
서로 서로의 팔로 끌어안으며
흙탕물 속에서도 행복합니다

점묘화 點描畫

소년 시절
아들이 그렸던
마틴 루터 킹의 점묘화

그 아들
어른된 지금에야
다시 꺼내어 본다

요람의 순전한 기쁨에서 종착역까지
점 점 점…… 보태어져 큰 인물이 되어졌듯
오늘도 네 생애의 발자국
또렷이 찍고 있겠지

사랑의 시작과 청춘의 꿈
찰나의 수많은 궤적들 사이

슬프고 좋았던 순간들의 설렘이여

놓을 수 없어 몸부림쳤던
아름답고 고운 날들 있었던가
먼 곳으로 떠났다 무심히 돌아올 때처럼
행여 일상의 날들 다시 그리워질 때

간이역마다의
무수한 흐름 읽으며
네 안의 너를 다시 찾으려니.

새날의 접근 방식

먼동이 터 옵니다

어떻게 다가갈까,
어떻게 바라볼까
허둥대다 그만
만나고 마는 당신처럼
먼동이 텄습니다

어두움과 가벼움의 혼절
세상의 온갖 비의 헤치고
어떻게 살아야 할까
가녀린 울음소리 애처로워
해는 또다시 떠오르는지요?

잡힐 듯 잡히지 않는 푸른 별들

희망조차 차갑게 숨죽인 미궁,
그 속수무책의 시간을 뚫고 또다시
새 길을 찾아 나설 수 있음은
참으로 행복한 일입니다

새들의 기다림

고도에서 새들은 무엇을 기다릴까
바람처럼 오고 또 오면 좋으련만
사람들은 한 번 가면 다시 안 오네
오가는 이 반기고 흘러 보내느라
하루 종일 고개를 빼고 살아
갸녀린 고개가 더 가늘어졌네
고도에서도 해가 뜨고 날은 저무는데
저녁이면 저 새들 어디로 날아갈까
가는 것들 매정하게 가도록 두고
다시는 따뜻한 눈물 흘리지 말아야지
하루 종일 지친 몸으로 다짐이라도 하는지
무수히 떠났어도 무수히 되돌아오는
파도처럼 오고 또 오면 좋으련만
아, 아직도 당신은 푸른 내 희망……

저 꽃분홍

우리는 어느 누구도 감히
되돌아오지 못하는 길을 가고 있다
되돌아온 사람은 없었다
사람 사는 마을에서
새파란 잎들을 가득 달고
꽃들이 묵묵히 피어나는 건
즐거운 듯 슬펐던 눈물 차올라
연신 연신 꽃분홍으로 터지는 때문일까

꽃이 시들어 떨어지기도 전에
영혼의 가장 먼 길 떠나가는 사람들의
발자욱 소리 분주한데
꽃들의 속살, 저 꽃분홍, 서둘러
그대 발등에 떨어지기 전에
생의 날들 떨며 그리워하자

산티아고를 생각하며

어느 누구에게나
해가 뜨고 해가 지는 시간들이
똑같다
똑같이 주어지는 듯했다

그저 그렇게 지나가 버린 시간들 속에
그대 짧은 생애도 숨어 있었다
지평선을 붉게 물들이며 오는 햇살과
황혼의 노을, 달과 별들의 숨결은
남달랐다. 특별했고 고귀했다.

긴 긴 순례의 길에서 얼을 정화를 위해
산티아고를 생각하던 순간도 있었지
그러나 이 세상의 맑은 정기
이 세상의 아름다움 미처 다 못 본 채

당신은 눈을 감고 말았네

시, 그 나약한 밧줄이여!

밤이 오지 않아도 나는 알 수 있다
지난날 당신이 얼마나 뒤척였는지를
아침이 되지 않아도 나는 알 수 있다
지난밤 당신이 얼마나 신음했는지를
당신과 함께 뒤척이고 신음하는 동안
내 시의 밧줄 하나 던져주지 못했다
서슬 푸른 질곡의 한때를 건너가고 있는
당신이 붙잡기엔 너무 나약한 것이었기에
오랫동안 내 시의 어깨에 손 얹지도 못했다
내 존재가 내려 누르는 힘도 견뎌내지 못해
혼자 헤맨 바보, 웅숭깊지 못한 못난이었기에.

3부
시간의 들판

구름의 길

하늘 아래에는
부드러운 구름이 가득 차 있어요
때로는 바람에 쓸려 한순간에 사라지고
때로는 작고작은 물방울로 빚어져
당신이나 내 눈물로 떨어지기도 해요
나와 당신이 세상살이에 지쳐
앓다 내팽개친 냉가슴이라도 서로 맞대면
뜨거워진 태양빛이 재빨리 알아채고
구름 입자를 자꾸자꾸 만드나 봐요.
'내 희망이 어디 있겠으며
누가 내 희망을 보겠느냐?' 하던
욥도 욥을 자꾸만 만드는지
세상의 탄식소리 하늘에 가득 차면
부드러운 구름들도 이리저리 길 찾으며
재빨리 쏟아져 내릴 기세들이에요.

사슴의 노래

당신은 오라고 부르는데
여태 달려가지 못하고 있습니다.
우리가 '우리' 속에 갇혀 있나요?
겨울 숲은 '우리' 되어 가차 없이
우리를 가두고 있네요
희망도 컴퓨터의 커서처럼
이리 뱅뱅 저리 뱅뱅 돌고만 있습니다

어제 온 새와 오늘 온 새가 다르고
어떤 하루도 똑같은 하루가 없어
모두가 낯이 설고 막막합니다
길을 잃지 않았는데도
길을 잃은 듯 살고 있는 탓인가요?
그러나 당신이 일러 주셨지요
'밤에는 우는 일이 있을지라도

아침에는 기쁨이 오리라'고……
기다리겠습니다, 그 아침까지

강태공과 물고기

당신은 늘 바다를 향해
나는 늘 하늘을 향해
당신은 줄곧 내려다보면서
나는 줄곧 올려다보면서
당신은 붙잡고 싶어 안달하면서
나는 붙잡히고 싶어 안달하면서
정말 열심히 살아왔지요

새벽 여명이 종일 끌고 오는
풀잎 끝 이슬이나 바다의 낙조처럼
아롱거리는 미립자의 세상 그 너머
언제나 그리워한 따뜻한 등불들
잡힐 듯 잡히지 않는 그 순간에도
터질 듯한 고뇌와 희망의 쳇바퀴
맨몸으로 돌리고 돌리면서

앞으로도 열심히 살아야지요.

새로운 길 찾기

수많은 밤들이 내릴 때
울었던가요, 웃었던가요?
당신 속에 있는
겹겹의 어둠 걷어내며
마침내 낯선 해 하나 솟았습니다
지친 새들도 비상을 시작한 이 아침
어제의 해가 아닌 오늘의 해
하루치씩의 햇살이 돌리는
힘찬 희망의 수레바퀴 소리
들리나요, 들리나요?

내 것이야, 내 것이고 말고!
풀뿌리처럼 한사코 움켜쥐었던 것들
칠흑의 소용돌이 속에 사라졌지만
불모의 땅, 탐익과 부조리의 싸움판에서도

새로운 길 찾기는 계속되어야 합니다
들끓는 의욕, 견고한 미래를 비출
낯선 해 하나 의연히
앞장서 있습니다

자, 이제야말로
이 세상은 온통 당신의 것입니다

봄의 리듬

간밤엔 눈 녹는 소리 들리더니
어느 새 문밖엔 봄입니다
오종종 모여든 어린 새들도
봄의 리듬에 한껏 젖어 있습니다
나뭇가지에서 가지로 재바르게
피르릉 포르릉 오가면서
연초록 사연들 온 하늘에 뿌립니다
지상은 온통
안간힘과 어깃장 투성이인데
문밖의 봄은 어느 새 실핏줄처럼
내 몸속으로 흘러 들어왔습니다
청아한 봄의 리듬 멀고도 잔잔하게
온 힘 다해 녹아들면
봄은 내 안에, 나는 봄 안에
이제야 당신 사랑만 분명히 보입니다

시간의 들판

새들이 둥지를 떠날 때도
다 그만그만한 사연이 있다는데
당신이야 더더욱 그러했겠지요
지난밤엔 바람이란 바람
모두 몰고 떠나갔나요?
도저한 시간의 들판 쓰러뜨리고
나무 등걸까지도 흔들며 떠나갔나요?
다시 되돌아올 수가 없어서

· · · · · · · · · · ·

다시는 되돌아올 수가 없어서
동으로 한세상 서으로 한세상
한 획씩이라도 더 긋고 싶어
세찬 몸부림이라도 쳐 보았나요?

가을은 가면서도 가지 않는다

가을 뒤에 무엇이 있길래
물보라는 낮달에까지 치솟으며
마지막 무지개를 만드나
가을 뒤에 무엇이 있길래
검은 새들은 조곡弔哭을 부르며
미지의 먼 하늘로 날아들 가고
가을 뒤에 무엇이 있길래
연보라 진보라 국화꽃 무리
저리도 얄밉게 맴돌며 피나

가을은 가면서도 가지 않는다
자연은 도처에서 애타게 불러도
여태도 가지 않고 머무르면서
당신처럼 그리 황급히 떠날 순 없다 한다

마지막 과일, 마지막 열매들

끊어질듯 이어지는 슬픔과 기쁨의 현

그 떨리는 변주 속에 익혀가면서

조금이라도 더 오래

하늘에서 새처럼 푸드덕거리거나

땅 속 뿌리로 내려가 귀엣말을 한다

발 밑에선 낙엽되어 바스락거리면서

떠날 수 없어, 떠날 수 없어

쉬익, 쉬익 목쉰 소리라도 쳐보면서

가을 숲에 서서

숲을 사랑하던 그녀는
끝내 한 사람만을 찾아 먼 길을 떠났다
이 땅에서 찾지 못한 사랑
그 땅에서 꼭 찾고야 말겠다고
온 마음으로 벼르며 떠나갔다

그래서 숲은 이제
미련 없이 제 몸의 일부를
자꾸자꾸 털어낸다
벌써 길바닥에 내동댕이쳐져
나동그라진 이파리들도 부지기수다

보아라, 보아라
가지를 찢어내며, 찢어내며
그토록 간절하게 밀어올린 이파리들

가을이 오기가 무섭게
아낌없이 불태우기 시작한다

어슴프레 밝혀지는 숲의 전모全貌
사랑을 찾아 떠난 그녀가
저만치서 한숨을 털어내며
조금씩 울며 웃으며 돌아올 일상 앞에
또다시 사랑하게 만들고야 말
숲의 비상한 그 전모가 곧 드러날 것이다

생명 있음에

푸르른 여름 잎새 아래
온 천지가 진초록으로 물들어가면
바람도 가끔씩은
당신 어깨를 치면서 불고
햇빛은 너무 눈부실까 봐
이쪽저쪽 돌아가며 그늘을 만든다

감당하기 어려운 나날들은 언젠가 온다
그런 날이 오기 전
서둘러 숲으로 나온 사람들은
시간마다 뿜어대는 숲 향에 절어
등푸른 생선처럼 푸르게 살아 있다

다시금 그리워질 그대 한 생애
해거름 속에 재빨리 사라지기 전

슬픈 듯 즐거운 듯 연인들은 속삭이고
다람쥐들조차도 온몸으로 뛰어논다
살아서 타올라라, 살아서 타올라라
생명 있음에 여름 숲은 온통 금빛이다

가을이 무르익으면

가을이 무르익으면 세상은
연금술사의 구슬처럼 줄줄이 꿰어진다
봄부터 찾아다닌 꿈이 있었기에
난 결코 고통스럽지 않았어
매 순간이 반짝였어
바람결에 들려오는 목소리에 귀 기울이면
당신이 사는 곳도 알 수 있었지

지나온 길 곳곳에는
삶의 표지들이 숨겨져 있었고
당신을 만나러 간 순간 순간들은
신과의 만남처럼 기뻤었어
이젠 어디엔가 있음을 확실히 알기에
가을의 잔광처럼 외롭지도 않을 거야
감사해, 감사해, 감사해

지나가는 바람결에 내 목소리 실어 보내면

별들도 온몸 뒤척이며 응답해 주겠지

나라의 중심에는 그대가 있다

비박은 친박에 휘둘리고
친박은 청와대에 휘둘리고
국민의 당은 비박에 휘둘린다

강경파 몇몇 사람에게
새누리가 홀딱 뒤집어지는 사이
국가 권력이, 특정 계파가
또 재빨리 판을 뒤집는다

그러나 국민은 흔들리지 않아
촛불 민심은 바람이 불어도
꺼지지도 않고 흔들리지도 않아
"슬퍼요. 그냥 슬퍼서 나왔어요"

짙은 어둠이 깔리는 세상에서

분노와 경멸, 놀라움과 혐오 속
좌충우돌로 행복의 데시벨 높이고
유쾌 통쾌, 발랄한 유머와 풍자로
차벽도 꽃벽으로 채우는
나라의 중심에는 그대가 있다.

꽃의 변주곡

꽃들은 맑은 물가를 사랑하고
꽃들은 먼 하늘까지도 끌어당기네
꽃들은 제 볼을 바람에 맡기기도 하고
꽃들은 주위를 둘러보고 미소도 짓네
꽃들은 제 뿌리를 확실하게 믿고
점점 더 멀리 멀리 퍼져 나가네

꽃들에게도 왜 고통 없으랴
큰 비 올 때 몰래 몰래 통곡하더니
시끄러운 세상에 행여 누 끼칠까 봐
햇빛이 나면 재빨리 눈물 씻고
전보다 더 해맑은 얼굴로
빤히 나를 쳐다보네

나이아가라에서

나 그대 곁으로
흘러내릴 수 있을까?

아주 오래 전의 일,
모두 다 기억할 순 없어도
이따금씩 기억하고 싶네
이 거대한 폭포수를!

시작도 끝도 알 수 없는
신의 눈물, 신의 웃음으로.
하늘 아래 온몸을 떨게 하는

이 폭포에서처럼
나 그대 곁으로 계속
흘러내릴 수 있을까.

4부
꽃들은 바쁘다

하늘이 종일 흐린 날

지난 주엔 혈소판 낮아
이번 주엔 백혈구 낮아
키모테라피도 못 받는단다
하늘이 종일 흐린 날
그는 종이짝처럼 누워 있다

살아야 한다고
벌떡 일어나야 한다고
간혹 여기저기 공기를 뒤흔들며
전화벨은 울리지만
흐린 하늘은 있는 힘 다해
아픈 사람을 잔뜩 더 내리누른다

수선화를 보며

언젠가 우리
봄 햇살 송두리채 휘감고
꽃피우고 싶은 곳에서
마음껏 꽃 피울 수 있다면
얼마나 좋을까
얼마나 좋을까⋯⋯ 하고
생각했었던가?

인적 드문 어느 기슭 한쪽
조그맣게 자리하고 말 것을
내게만 보여주려고 그렇게
온 힘으로 정수를 뽑아내느라
땀까지 송골송골 맺혔던 게지

함초롬히

피고 지고 피고 지고

마음대로 할 수 없는 우리 사이

욕망과 무욕 사이에 네가 있구나

어머니, 당신에게서

당신에게서 우리는
걸음마를 배웠습니다
누구보다 더 단단히
이 세상에 발 딛고 서는 법을

종종걸음으로 따라다니며
먼 길 멀지 않게
가파른 길도 가뿐히
당신이 이끄는 힘으로 걷습니다

당신에게서 우리는
사랑법을 배웠습니다
누구보다 더 뜨겁게
사물과 사람들을 껴안는 법을

불가항력의 그 사랑으로
슬픔도 무력감도 이겨 내고
사라지면서 사라지지 않는
소멸의 아름다움 익혀갑니다

당신이 가 버린 뒤 우리는
마침내 그리움을 배웠습니다
별처럼 먼 곳이라 바라만 봐도
그 어느 가슴보다 더 따뜻해지는 건

당신의 품 안에서
우리가 영영히 살고 있기 때문입니다

당신을 향한 '기막힌 맑음'

초가을에
당신과 마주 앉을 수 있어서 좋았습니다.

가슴 아린 세상사는 눈시울부터 적시지만
또다시 헤쳐가야 할 내일은 '기막힌 맑음'입니다
씁쓸한 하늘, 집채만 한 고통 구석구석 던져 주고
먼저 사라진 그 사람 아직도 옛사랑에 눈먼 채
도처의 밤별되어 당신만 겨냥하고 있습니다.

길은 동서 사방 막힘없이 트여 있어도
막다른 골목만 같아 낙엽처럼 바스라졌던가요?
어느 누구의 위로조차 받을 수 없었던 가슴
이 가을 길목에서 그분이 쓸어내립니다.

애잔한 슬픔으로도 벼랑 끝 꽃들은 피어나는데

한번쯤 씩씩하게, 펑펑 울어 보세요. 그런 뒤
해맑아진 당신, 뜨겁게 한번 껴안아 줄게요
아직은 커튼을 닫아버릴 때가 아닙니다
아직은 창문을 닫아걸 때가 아닙니다.

당신을 향한 '기막힌 맑음'
이젠 그쪽을 향해 미소를 던질 차례입니다.

버려지는 것들

투병에 전심전력하느라

마음엔 더 이상 담아둘 게 없나 보다

방안에 있는 것 하나하나 버린다

몸 하나 추스리기도 힘든데

기억까지 끌고 가는 건 더더욱

거추장스럽고 무거운지

눈에 보이는 것 하나하나 다 버린다

쓰레기통이 가득가득 차도록

내다 버리고 내다 버리다 보면

그의 몸도 한 마리의 새처럼

가볍고 가비얍게

아팠던 어제 다 버리고

포르르 포르르, 기운차게 날 수 있을까

하늘이 내려앉은 이유

그는 마라토너였다
자신을 위해, 가족을 위해
골인 지점 향해 열심히 달리던 사람이었다
보이지는 않았지만 평생동안
마지막 날의 쾌거를 믿으며
앞만 보고 힘차게 달리던 사람이었다

그런데 지금은 누워서 달린다
마음이 먼저 골인을 한다
당신이 1등이야!
하늘도 나지막이 내려앉아
따뜻한 볼을 대어주며 속삭였다
당신은 정말 1등이야

할아버지 아파요?

할아버지 아파요?
그래, 할아버지가 몹시 아프단다

너보다 더 어린 네 아버지 데리고
남의 나라 남의 땅에 와서 사느라
이 구석 저 구석 다 멍들었나 보다

아픈 할아버진 싫은데
네 맑고 고운 눈
눈물 고이게 하고 싶진 않은데
아픈 세상이 어떤 건지 몰랐으면 싶은데

할아버지 아파요?
그래, 할아버지가 몹시 아프단다
지친 새처럼 남모르는 눈물 숨기며

온종일 속수무책 아프기만 하단다

오뎅국

오뎅국 남은 것 좀 줘 봐라
뭐라도 먹겠다는 것만도 너무 반가와
새 오뎅 몇 개 더 집어넣고 팔팔 끓인다
깨와 썬 김도 고명으로 얹는다

달라는 것만 주지 웬 깨를 뿌려
내 입맛 다 베려놨노!
가져가라, 꼴도 보기 싫다
당신이나 혼자 실컷 묵으라

속에서 치밀어 오르는 열불
아이구 참! 아픈 사람이
음식을 의지로 먹어야지, 웬 지청구야!

가슴 한 쪽이 찌르르하다

부엌으로 갖고 가 아구아구 먹는다
국물까지 싸악 싹, 다 마신다
찌르르 찌르르 찔러대던 가슴을
오뎅국이 가만히 쓸어내린다

나뭇잎들처럼

나뭇잎들처럼 떨어지면서도
내 생의 뿌리인 당신 곁에 눕는다
당신 곁에 누워
조금씩 뒤척이는 모습
실눈을 뜨고 지켜본다
더 이상 돌아볼 힘도 없는지
더 이상 바라볼 힘도 없는지
체념한 듯 온몸을 오그린 채
바스라져 있다.
그래도 나는 자꾸만
당신 곁에 눕는다
언제가 마지막이 될지는 몰라도
마지막까지, 마지막까지
나뭇잎들처럼 바스락댈 것이다
생의 조종이 울릴 때까지

당신의 대지에서 바스락댈 것이다

꽃들은 바쁘다

그가 아프다고, 몹시 아프다고
사람들은 꽃을 보내온다
제 뿌리마저 버리고 얌전히 따라온 꽃들
죽어서도 바쁜 그 꽃들을 보면
마음이 조금은 현란해진다
작은 슬픔 하나가 잽싸게 달려들더니
큰 슬픔은 염치도 없이 와락 안긴다
이 덩치 좀 봐, 떠밀어 낼 힘도 없는데
막무가내로 날 껴안고 있네

그가 아프다고, 오래 아프다고
사람들은 간간히 꽃을 보내온다
마음 구석구석, 집안 구석구석
슬픔의 응어리들 떠메고 사라지려고
사력을 다하는 양이 기특도 하다

종내는 기운 없는 꽃들만 남아

그와 함께 어렴풋이 웃는다

원근법

나를 보면
멀리서도 알아보고 싱긋 웃던 날
봄꽃들은 까르르 까르르
지천으로 피어났었지

이제 다시금 내 곁에서
몸져누운 당신을 볼 줄이야

찡그리며 바스라지며
몰래몰래 눈물 흘리며 사는 날에도
봄꽃들은 내 등 뒤에서
까르르 웃으며 피어나는구나

씨앗

무게부터 줄일까요
맛도 없애고 가볍게 말렸어요
뼛속까지 비워내도 알맹이는 고수
핵심만은 남겨야지요
바람 불면 어디로든 날아가고
방금 떠나왔어도 또 떠날 수 있어요
달팽이처럼 애써 등짐 지지 않아도
바람이 불 때마다 춤추며 날아가
꽃피우고 열매 맺어요

사람이 가벼워지면 나그네 되고
씨앗은 가벼워지면 마법 풀리듯
마침내 드러나는 진귀한 본질

5부
저녁 밥상을 차리며

마침내, 그 사람

생기를 잃고
시급하게 꽃처럼 시들어져 갔다
시드는 것은 꽃만이 아닌데도
그 사람 혼자 재빨리 따라 하더니
마지막 숨결과 함께 미궁 속으로
휘리릭 사라져 버렸다
내 가슴에 예리한 과녁이 맞혀졌다
마침내, 그 사람
잡았던 손 모두 놓고
어둡고 긴 미로 쓸쓸히 빠져나갈 때
느닷없이 전 생애가 슬픔으로 꿈틀거렸다
가쁜 숨 몰아쉬며 마른 손 허우적거리다
마지막 이 세상 떠나가는 길
단 하루의 저녁도 더는 기다려 주지 않았다

내가 달라졌다

어제의 나는 누구였던가
어제의 나는 내가 아니다
내가 달라졌다
간혹 우울한 기미 감출 때도 있었지만
어제의 나는 언제나 유순했었지
저절로 나오는 친절과 호의에
다른 사람이 즐겁고 빛나기를 바랬지
누군가의 전화가 걸려 올 때마다
내 이름에 걸맞는 내가 되려고
나를 떠올리는 사람들에게, 유감없이
떠오르는 내 얼굴 보여 주려고
내가 어떤 사람인지 알게 해 주려고
애를 쓰기도 했었지. 그러다 보면
언젠가 내가 되려고 간절히 원했던
특별한 그 무엇이 될 것이라 믿었어

그런데 그가 가고 나자

하루아침에 나는 달라졌다

한 방에 고꾸라지고 널브러졌다.

연두색 정구공 하나 날리지도 못하겠다

어제까지의 내가 아니고

내가 바라던 나도 결코 아닌

피상적인 껍데기만 남아 몸부림치고 있다

당신, 그렇게 갈 줄 몰랐어

당신, 그렇게 갈 줄 몰랐어

울지도 못하던 당신

후두둑 비 그치듯, 그만이었던가 봐

하고 싶었던 말 끝내 듣지 못했어

손짓, 눈짓, 마지막 인사조차도

그 이전에 벌써 했어야 했었어

마지막이 그렇게 올 줄은 정말 몰랐어

무거운 관 속에 당신의 몸을 누이고

몇 사람의 눈물, 바람결에 섞어

장미꽃 몇 송이와 함께 내려 놓고

작은 삽으로 흙을 떠 얹었어

그게 끝이라네, 그만 덮어야 한다네

새가 아닌 참새나 찌르레기로

그냥 나무가 아닌 버드나무나 유클립투수로

한순간, 한순간 당신은 내 가슴에

정점을 찍었어, 섬광처럼 빛났었어

마지막 인사조차 남기지 않은 채

후두둑 비 그치듯 가 버렸지만

당신이 지나갔다

당신이 지나갔다
아름다운 것들 모두 따라갔다
지나가는 것들은 모두 소중했다
예닐곱 살 어린 시절 지나가듯
맑고 거칠었던 청춘의 날도 지나가고
고집 세게 꽉 움켜쥐었던
우리들의 30대도, 50대도
얼떨결에 무심히 지나가 버렸다
목젖에 달라붙는 설움 남기고
등 돌리는 연습 수없이 했던가
당신은 어느새 내 곁을 지나갔다
내 곁에서 완전히 사라져 버렸다
기억은 마침내
아리고 소름 돋는 가시들로 그윽했고
무릎은 시리고 후들거렸다

당신이 지나가자

모든 아름다운 것들도 한꺼번에 훅–

따라가 버렸다

유리집

당신은 유리집 속에 삽니다
속이 환히 들여다보여
무엇을 하는지, 무슨 생각을 하는지
죄다 알 수 있지요
신문을 보는지, 책을 읽는지
새로 핀 봄꽃에 물을 주는지도
울음 섞인 날들
살아보지 않은 자 있을까
어디 이 서러운 길
지나가지 않은 자 있을까
당신은 이미 가고 없지만
유리집 속 당신이 살았던 그때를
하나도 놓치지 않고 들여다봅니다
신문을 보는지, 책을 읽는지
새로 핀 봄꽃에 물을 주는지도

저녁 밥상을 차리며

하루의 일을 마치고
모두가 집으로 돌아오는 저녁이 있었다

일렬횡대의 어스름 불빛 속에
녹록치 않았던 하루를 털어내고
따뜻한 밥상을 마주하던 시간이 있었다
온 가족의 행복을 짊어지고 평생 그는
너무 멀고 고단한 길 다녔나 보다
저녁 밥상을 차리며
기다려도 다시는 오지 않는 사람을
기다린다 아무리 기다려도 밥상 앞에는
눈물로도 결코
올 수 없는 그 사람을

테네시로 가자, 테네시로 가 보자

1.내 친구 은희 씨

전화기에 귀를 대니, 미순 씨! 하고 불러 준다

테네시로 여행을 가자고 조른다

매사 아무런 흥미도 없고 그저 자꾸 아프기만 하다고

그래서 낯선 이의 집에 가서도 아프고 힘들까 봐

이번엔 아무래도 안되겠다고 답해 준다

일주일쯤 후 다시 또 전화가 온다

미순 씨! 하고 또 다정하게 불러 준다

테네시로 가자, 테네시로 가 보자

아직도 불쑥, 느닷없이 아플 때가 있어

아무래도 이번엔 안 되겠다고 답해 준다

나는 모든 것이 행복해

지금 당장 세상을 뜬다 해도 아무 미련이 없어

어떤 땐 너무 행복해서 눈물이 날 때도 있어

나와 같이 가 보자, 행복의 길이 될 꺼야

평생 결혼 한 번 안 한 그녀가, 자식도 없는 그녀가

행복을 가르쳐 주겠다고 자꾸만 조른다

정말 괜찮을까? 잠시 귀가 쫑긋한다

금방 아팠으니 며칠은 더 안 아플 거야

세봉 씨네 한 번 가 보면 내가 왜 그랬는지 알게 될 꺼야

3박 4일의 일정으로 길 떠나는 날 아침까지

나는 내 행복에 대해 긴가민가했다

만나면서 서로 부둥켜안더니 헤어지면서

또 부둥켜안고 눈물을 흘리는 은희 씨

나는 그들을 반으로 뚝 잘라 떼어놓고서야 돌아왔다.

2.테네시의 강세봉 씨

테네시에 사는 강세봉 씨는 대학 1학년 때
10남매 의사 집안의 딸로 중학생이었던 그녀를
연필에 침을 묻혀 아냇감으로 점찍었다
고대 수학과를 거쳐 시카고로 이민 온 뒤
50세가 넘어서야 신학을 했다
목사가 되었지만 그의 교회는 없었다
자격은 훌륭했지만, 생은 그를 이리저리 끌고 다녔다
아내의 직장을 따라 뒤늦은 나이에 또 이사를 했다
시카고에서 9시간 거리의 테네시까지 온 랍비의 집
책장의 끝은 사다리를 올라타고 가야 했다
작년엔 심장 4곳이 막혀 개복수술을 했다지만
새롭게 갈아 낀 혈관으로 소년 시절로 되돌아왔다
다리에 푸릇푸릇 새 힘이 솟는 세봉 씨 집은

B & B, 손님들의 감사 노트가 빼곡하다
아내가 직장을 가든 늦잠을 자든 그는 아침마다
고기를 넣어 끓인 수프 베이스와 찹쌀 섞은 팥빵을 만들고
일주일에 한 번씩 시장을 보고 집안도 말끔히 청소한다
소그룹 성경 공부를 하며 집에 와서 먹고 자자 해도
외면하더니 어느 새 타주와 한국 손님으로 문전성시다
인근 락시티며 유명 호텔 수목원에도 나들이를 간다
스타벅스 커피에 입장료도 얼른 가서 사오고 떠날 때면
새벽에 나가 손님 차 가스까지 풀탱크로 가득 채운다
매달아 놓은 쓰레기 백, 장미는 물기를 넣어 손님 수대로
과일과 팥빵, 봉숭아 명반에 아내가 만든 수세미 뜨개까지
그의 마음이 미치지 않은 곳이 없다

은희 씨는 숙박 책임, 영은 씨는 운전 책임
나는 그야말로 안방을 차지한 '먹고노' 출신

잠깐씩 머무는 길목에도 고마운 이들 숨어 있었지만
테네시의 바위 기슭은 바쁘게 숨 쉬며 부서져 내렸다
큰 바위 덩어리도 땅으로 주저앉곤 했다
오르락내리락 인생길이 이럴까
돌아오는 길에 대형 트럭과 트레일러가 충돌했고
앞서거니 뒤서거니 하던 차들도 함께 충돌했다
차선이 막히더니 생과 사의 갈림길이 또 생겼다
하나님 닮은 세봉 씨 손길이 예까지 미쳤나?
오늘도 또 한 차례 용케도 빠져나왔나 보다

흐린 세상

이렇게 흐린 봄날
봄이 흐린 것은 아닌데
온통 흐린 것들이
세상을 뒤덮고 있다

안경알을 닦듯
유리창을 닦듯
말갛게 닦아 내야지

흐린 봄이 올 리 있나
흐린 봄이 올 리 없지

길 위에서

수화기 저 편에서
아들의 목소리 들린다
엄마, 어디 아파?
목소리가 이상한데, 약 필요해?

다 큰 아들의 기척 때문에
순식간에 나는 이미 든든하다
딸이 없으면
말년이 사무치게 외롭다던데
내 온몸의 나뭇가지 위에
비가 온다, 봄비가 내린다

내가 울었던가, 당신이 울었던가
당신 가고 나니
짧은 한평생 방금처럼 끝났는데

바삭거리던 생도 축복이었다

불가지의 늪 길
도저히 알 수 없는 그 늪
어디선가 돌아가는 길이 보이고
출발선이 드러나는 그 능선 위로
비가 온다, 봄비가 내린다

결코 나일 수 없는

"피정이 거의 끝날 무렵
미사 강론 때 신부님이 물으셨어요
여러분은 믿고 모든 걸 말할 수 있는
순도 99.9%의 사람이
몇이나 있으신지요?
그때 선생님이 떠올랐죠
감사합니다
제 곁에 오래오래 있어 주세요"

수년 전 팔월 어느 날
마리아에게서 받은
잊을 수 없는 이 한 장의 카드
머리맡에 두고두고 잔다 해도
결코 나일 수 없는,
얼떨결에 받아 안은 꽃의 웃음으로도

결코 녹아들 수 없는

이 명징한 부유감……

이쪽과 그쪽

뿔뿔이 헤어진 지 수십 년
미국으로 오는 통화음은 늘 꼬장꼬장했다

간암 3기에 혼자 남은 시어머님
표랑의 길 마지막 행선지는 김천 마실고개

의사는 6개월뿐이라는데
오매불망 궁금한 건 이쪽 안부다
"와 한번 전화 안 하노?"

먼저 떠난 자식의 불효 말할 수 없어
두리뭉수리로 짐짓 뭉갰는데
이젠 그 생생하던 목소리 사라졌다
눈동자, 가슴, 손과 발 사라졌다
가녀린 어깨 감싸 안지도 못했다

바다 건너에도 한 가닥 노을이 지면

저미는 듯 사무치는 시한의 목숨

눈을 감고 눈을 감고

눈만 감는다

절친

혼자 사는 친구가
오래 혼자 아팠다는 걸
이제야 알았다
아프다고, 내가 아프다,고
왜 말 안 했을까

천지에 믿을 건 혼자뿐이라
귀 막고 눈 막고 혼자 아파도
세상 아픔 다 사라지지 않네
당신뿐이야, 당신뿐이야
그래도 믿고 찾아온 그 손님
은밀한 절친으로 알아버렸나

시의 길

사유, 사유, 사유
통찰, 통찰, 통찰
내 의식의 자리에 우뚝 선 뒤
상징 압축, 상징 압축
시린 가슴 적시고 내려오라

부재하지만 영원히 현존하는 당신

홍용희(경희대 교수·문학평론가)

   성경의 요한복음은 기록한다. 예수의 제자 도마는 십자가에 못 박힌 예수가 부활했을 때 이를 차마 믿을 수 없었다. 그래서 그는 외친다. '주여 믿사오니 그 증거를 보여 주옵소서'. 예수는 십자가에 못 박힌 자국을 직접 만지게 한다. 그리고 준엄하게 일깨운다. '보지 않고 믿는 자에게 복이 있나니'. 예수는 어째서 보지 않고도 믿으라고 했을까? 그것은 결코 신에 대한 맹신을 강요한 것이 아니리라. 신은 물론이고 세상의 참다운 뜻은 감각적인 눈과 귀로 보고 들을 수 없다는 설파로 해석된다. 동양에서도 예부터 '도가도 비상도道可道非常道'를 강조했다. 도道는 도道라고 말할 수 없다는 것이다. 도道는 오감으로 보고 듣고 만질 수 있는 대상이 아니다. 그래서 참된 진리를 듣고자 하면 귀를 닫고, 보고자 하면 눈을 감아야 한다고 가르친다. 오감은 참된 뜻을 깨우치는 데 오히려 방해가 되는 경우가 많다. 감각이 아니라 마음의 눈과 귀를 뜨는 것이 중요하다는 일깨움이다. 물론, 이때 마음의 눈과 귀를 뜨라는 것은 세상에는 부재하면서 현존하는 대상이 존재한다는 것의 가르침이기도 하다. 세상에는 절대적 존재일수록 부재의 현존을 산다는 것이다.

배미순의 이번 시집의 중심음은 바로 이와 같이 감각적인 부재를 통해 현존하는 "당신"의 존재성이다. 그의 시세계는 오랜 연륜에서 배어나오는 겸허함으로 "당신"을 노래한다.

바로 서 있지 못하고 몸져 누운 나무
누워서도 끝내 쓰러지지 못하는 나무는
당신을 꼭 닮았습니다.
평범한 사물들도 낯선 것들이 된 지금
하늘과 땅과 세상도 새롭게 투시하면서
다른 나무들이 보지 못하는 것을
다른 나무들이 결코 듣지 못하는 것을
세밀하고 은밀하게 보고 들으며
혹독한 이승의 한때를 견뎌내야 하는
당신을 꼭 닮았습니다.
그렇습니다.
이제야말로 소중한

당신의 연대기를 쓸 차례입니다.

－〈겨울나무, 그 직립은〉 일부

시적 화자는 "당신의 연대기"를 쓰고자 한다. "몸져 누운 나무"가 되면서 "평범한 사물들도 낯선 것들이"된다. 이제, "하늘과 땅과 세상도 새롭게 투시"된다. 오랜 세월을 지나 연로해지면서 세상의 비의가 새롭게 다가온다. "다른 나무들"과 다른 자세와 시선이 문득 "당신"을 깊이 직시할 수 있게 한 것이다. 그것은 "혹독한 이승의 한때를 견뎌"내면서 스스로 "당신을" 닮아가고 있기 때문이다. 이것은 "당신"은 "혹독한 이승"을 거친 이후에야 제대로 발견하고 대면할 수 있다는 것이다. 이것은 또한 삶의 깊은 질곡을 거친 이후에야 "당신"을 보는 눈과 귀가 열린다는 의미로도 해석된다.

그래서 그는 어느 때보다 절대적인 "당신"을 가까운 곳에서 호흡하고 교감하고 공명한다.

언젠가 맨 마지막 날 내릴
그 밤을 위한 연습처럼 조용히
밤이 내리고 있습니다
세상 밖 그분이 눈까풀을 닫아주듯
곳곳에 거대한 밤이 내리면
누군가에게는 무섭고 두려운 밤

누군가에게는 슬프고 서러운 밤

누군가에게는 외롭고도 적막한

그런 밤에 될 것입니다

그래도 한세상 착하게 기다리며

하나 둘, 기쁨을 헤아리는 사람들에게는

은총처럼 가슴이 마구 뛰는

또 한날의 새벽을 잇대어 줄 것입니다

—〈선물〉 일부

"세상 밖 그분"의 주재에 따라 밤이 내린다. 사람들마다 제각기의 밤을 맞이한다. "누군가에게는 무섭고 두려"우며 누군가에게는 "슬프고/서럽고/외롭고/적막"하다. 그러나 "착하게 기다리며" "기쁨을 헤아리는 사람들에게는" "은총"의 밤이다. "세상 밖 그분이" 그에게는 밝은 "새벽을 잇대어" 주기 때문이다. 다시 말해, "세상 밖 그분"이 주재하는 이법을 착하게 따르면 밤은 "선물"처럼 충만해진다. 욕망과 오만으로부터 벗어나서 "착하게 기다리"는 순응의 자세가 곧 "세상 밖 그분"과 교감하고 공명하는 과정이 된다. 그래서 시적 화자는 다음과 같이 노래하기도 한다.

을미년 새해에는

청결한 풀과 나뭇잎만 먹고서도

부드럽고 곱슬한 털에 온순하기까지 한

당신을 늘 배우겠습니다.

〈중 략〉

속죄양의 상징인 당신과 함께 올 한해는

그리움처럼 당신을 앓으며 살겠습니다.

—〈새해 새 아침의 편지〉

시적 화자는 "을미년", 양의 해에 스스로 양의 삶을 배우고자
한다. 길을 잃고 헤매었던 양이 주님의 임재 가운데 살기 위해
속죄하는 것처럼 자신도 속죄를 "앓으며 살"고자 하는 것이다.
이것은 "한 줌밖에 남지 않은/어제까지의 생이/서글프기 그지
없는 사투였다 해도/당신의 심장이 내 곁에서/두근거리"(〈가끔
씩 이렇게〉)는 은혜와 영광의 시간을 맞이하기 위한 삶의 태도로
해석된다.

이와 같이 그의 낮고 착하고 겸허하게 순응하는 속죄의 자세
는 어느새 "당신"과의 대면을 가능하게 한다.

①지상은 온통

안간힘과 어깃장 투성이인데

문밖의 봄은 어느새 실핏줄처럼

내 몸속으로 흘러 들어왔습니다.

청아한 봄의 리듬 멀고도 잔잔하게

온 힘 다해 녹아들면

봄은 내 안에, 나는 봄 안에

이제야 당신 사랑만 분명히 보입니다

― 〈봄의 리듬〉 일부

②내 갈 길 간혹 어이없이 비틀거린다 해도

서너 걸음 뒤에서 언제나 날 지켜볼 테죠

온 하늘 붉은 선지피로 물들이는

노을 같은 당신의 몸, 당신의 혼

마침내 희디흰 달로 떠올라

거침없이 나를 비출 때까지

― 〈오늘은〉 일부

시 ①에는 "당신 사랑"을 온몸으로 "분명히" 보고 느낀다. 그렇다면 "당신"의 실체는 무엇인가? 그것은 "봄의 리듬"이다. "당신"은 "안간힘과 어깃장 투성이"의 "지상"에 "녹아드는" "청아한 봄"의 현신이다. 그래서 "봄"이 온몸에 느껴지는 것은 "당신"과의 완전한 만남을 가리킨다. "당신"은 척박한 현실을 온화하게 보살펴 주는 은혜로 다가오고 있는 것이다.

시 ②에서 "당신"은 "나"를 비추는 "노을"이고 "마침내" 떠오른 "흰 달"이다. "내 갈 길 간혹 어이없이 비틀거"릴 때 나를 따뜻하게 지켜 주고 밝혀 주는 대상으로 "당신"이 현신하고 있다.

"당신"은 이와 같이 시적 화자의 주변에 다양한 모습으로 현현하는 희망과 빛과 온기와 보살핌의 대상이다. 다시 말해, 가시적인 감각적 대상이 아니라 그 이면의 근원의 무한이다. 이를 테면, "가을 뒤에 무엇이 있길래/물보라는 낮달에까지 치솟으며/마지막 무지개를 만드나/가을 뒤에 무엇이 있길래/검은 새들은 조곡弔哭을 부르며/미지의 먼 하늘로 날아들 가고/가을 뒤에 무엇이 있길래/연보라 진보라 국화꽃 무리/저리도 얄밉게 맴돌며 피나"(〈가을은 가면서도 가지 않는다〉)라고 할 때 "가을 뒤에" 있는 "무엇"에 해당한다. 다시 말해, "낮달"까지 치솟는 "물보라"로, "검은 새들의 조곡弔哭"으로, "국화꽃 무리"로 현신하는 "가을 뒤에 무엇"에 상응하는 근원이 "당신"이다.

한편, 이와 같은 절대적 "당신"의 현현에 대한 인식을 조금 다른 시점에서 조망하면 다음과 같은 시편이 쓰여진다.

꽃들은 맑은 물가를 사랑하고
꽃들은 먼 하늘까지도 끌어당기네
꽃들은 제 볼을 바람에 맡기기도 하고

−〈꽃의 변주곡〉 일부

주어와 서술어를 도치시키면 시적 의미가 더욱 분명해진다.

"꽃들"이 "사랑하고/끌어당기고/맡기"는 대상들이란 "꽃들"을 구성하고 형성시키는 원형질로 해석되기 때문이다. "물/하늘/바람"이 "꽃들"을 형성시키는 근원이다. 물과 바람과 하늘의 조화로운 협력과 융합 없이 꽃은 결코 필 수 없기 때문이다. 꽃은 우주적 협동의 산물이다.

이렇게 보면, "꽃의 변주곡"은 곧 부재를 통해 현존하는 절대적 "당신"의 작용이며 변주곡이라고 할 수도 있다. 여기에 이르면 배미순의 시세계는 감각적으로 보고 듣지 못하는 절대적 "당신"을 생활 속에서 자재롭게 인식하고 있다고 좀 더 분명하게 말할 수 있다. 한편, 그의 이와 같은 부재하지만 현존하는 절대적 대상과의 교감은 사별한 남편과의 대면을 가능하게도 한다. 그에게 남편은 부재하지만 동시에 가장 가까운 곳에서 현존하고 있다.

①작은 삽으로 흙을 떠 얹었어
그게 끝이라네, 그만 덮어야 한다네
새가 아닌 참새나 찌르레기로
그냥 나무가 아닌 버드나무나 유클립투수로
한순간, 한순간 당신은 내 가슴에
정점을 찍었어, 섬광처럼 빛났었어
마지막 인사조차 남기지 않은 채

후두둑 비 그치듯 가 버렸지만

　　　　　　　　　－〈당신, 그렇게 갈 줄 몰랐어〉 일부

②당신은 유리집 속을 삽니다

속이 환히 들여다보여

무엇을 하는지, 무슨 생각을 하는지

죄다 알 수 있지요

신문을 보는지, 책을 읽는지

새로 핀 봄꽃에 물을 주는지도

울음 섞인 날들

살아보지 않은 자 있을까

어디 이 서러운 길

지나가지 않은 자 있을까

당신은 이미 가고 없지만

　　　　　　　　　　　　　　　－〈유리집〉 일부

　시 ①에서 "당신"은 지상에서 떠나갔다. "작은 삽으로 흙을 떠 얹"자 지상의 삶은 "끝"이 났다. 그러나 "당신"은 "내 가슴에" "정점"의 순간들로 소생한다. "후두둑 비 그치듯 가버렸지만" "섬광처럼" 지금도 빛나고 있다. 가시적으로는 부재하지만 그러나 시적 화자의 가슴속에서는 지속적으로 존재한다.

　시 ②에서는 "당신"의 일상이 가시적으로 드러난다. "무엇을 하는지, 무슨 생각을 하는지"까지 선명하게 감지된다. "신문을 보"기도 하고 "책을 읽"기도 하고 "봄꽃에 물을 주"기도 한다. "당신"은 부재하지만 그러나 생생하게 현존한다.

한편, 이러한 정황은 다음과 같은 직서적인 어법으로 노래되기도 한다.

먼 먼 어느 하늘의 새벽별처럼
결코 날 떠나지 않았었던 건
바로 당신이었구나
그리움에 젖은 눈으로
나의 행보를, 나의 세상을
직선으로 지켜보는 당신

−〈고백〉 일부

"당신"은 "결코 날 떠나지 않았"다. 오히려 가장 가까운 곳에서 "나의 행보/나의 세상"을 "직선으로 지켜보"고 있다. 그래서 그는 어떤 고통 속에서도 "어느 한순간도 무너질 순 없"으며 "여전히 신열처럼 펄펄 끓는 희망"(〈밤에는 우는 일이 있을지라도〉)을 지닐 수 있다. "어두움과 가벼움의 혼절/세상의 온갖 비의 헤치고/어떻게 살아야 할까"라고 "허둥"댈 때 "먼동"처럼 "만나지"는 대상이 "당신"(〈새날의 접근 방식〉)이다. 그래서 그는 "가슴 아린 세상사는 눈시울부터 적시지만/또다시 헤쳐가야 할 내

일은 '기막힌 맑음'입니다."(〈당신을 향한 기막힌 맑음〉)라고 말할 수 있다. "당신"은 나에게 "새날의 접근 방식"을 일깨워주고 지탱시켜 주기 때문이다.

　물론 이것은 "당신"의 죽음이 절대적 부재가 아니라 부재를 통한 현존이기 때문이다. 이것은 마치 "가을 뒤에 무엇이 있"는가라고 거듭 묻는 가운데 "가을은 가면서도 가지 않는다"(〈가을은 가면서도 가지 않는다〉)는 이치를 터득하는 것에 상응한다.

　이렇게 보면, 배미순에게 시적 삶은 단일한 선형이 아니라 "간이역마다 무수한 흐름"을 안고 있는 입체적인 "점묘화"(〈점묘화〉)이다. 그래서 그는 누구보다 깊고 풍요로운 인생론을 느끼고 호흡하고 있는 것으로 보인다. 그의 시적 삶은 "이 먼 땅까지 날아"와 "더 먼 세계를 얻"(〈고백〉)은 미국 이민의 이채로운 경험처럼 더욱 넓고 크고 다층적인 인생을 향유하고 있는 것이다. 물론 이것은 그가 "한세상 착하게 기다리"(〈선물〉)고 순응하며 "속죄양"을 "앓"(〈새해 새 아침의 편지〉)는 겸허한 신앙적 삶 속에서 "사람들이 잘 보지 못하는 것/꿰뚫으며 바라보는 눈"(〈밤에는 우는 일이 있을지라도〉)을 지닐 수 있었기 때문이다. 세상의 참된 가치와 뜻은 대체로 감각적인 눈과 귀가 아니라 마음의 눈과 귀로 감지하고 호흡할 수 있기 때문이다.

꽃들은 바쁘다

ⓒ 배미순, 2018

초판 1쇄 인쇄 2018년 3월 26일
초판 1쇄 발행 2018년 4월 10일

지은이 | 배미순
발행인 | 강봉자·김은경

펴낸곳 | (주)문학수첩
주 소 | 경기도 파주시 회동길 192(문발동 513-10) 출판문화단지
전 화 | 031-955-4445(대표번호), 4500(편집부)
팩 스 | 031-955-4455
등 록 | 1991년 11월 27일 제16-482호

홈페이지 | www.moonhak.co.kr
블로그 | blog.naver.com/moonhak91
이메일 | moonhak@moonhak.co.kr

ISBN 978-89-8392-693-7 03810

「이 도서의 국립중앙도서관 출판예정도서목록(CIP)은 서지정보유통지원시스템
홈페이지(http://seoji.nl.go.kr)와 국가자료공동목록시스템(http://www.nl.go.kr/
kolisnet)에서 이용하실 수 있습니다.(CIP제어번호: CIP2018008340)」